Les Calinours MC

Une journée sans partage

Par Nancy Parent
Illustré par Jay Johnson

LES CALINOURS MC © 2006 Those Characters From Cleveland, Inc. Utilisé sous licence par Les Publications Modus Vivendi Inc.

Publié par Presses Aventure, une division de **LES PUBLICATIONS MODUS VIVENDI INC.**,
5150 boul. Saint-Laurent, Montréal (Québec), Canada H2T 1R8.

Dépôt légal : 1er trimestre 2006, Bibliothèque nationale du Québec, Bibliothèque nationale du Canada

ISBN 2-89543-370-4

Traduit de l'anglais par : Catherine Girard-Audet

Nous reconnaissons l'aide financière du gouvernement du Canada par l'entremise du Programme d'aide au développement
de l'industrie de l'édition (PADIÉ) pour nos activités d'édition.

Gouvernement du Québec — Programme de crédit d'impôt pour l'édition de livres — Gestion SODEC

PRESSES AVENTURE

Un jour, Chançours reçut une boîte de barres arc-en-ciel par la poste.

Il décida de cacher les gourmandises pour les garder uniquement pour lui.

« Allo, dit Égalours. Que fais-tu ? »

« Je cache mes barres arc-en-ciel pour ne pas avoir à les partager », chuchota Chançours.

« Mais c'est si bon de partager », dit Égalours.

« Tu crois ? » demanda Chançours.

«Viens faire un tour de balançoire, dit Égalours. Je te raconterai une histoire qui s'intitule *Le jour où personne ne partagea.*»

Un jour, Gailourson prépara une coupe glacée géante saupoudrée de petits bonbons arc-en-ciel qu'elle refusa de partager avec ses amis.

Gailourson eut ensuite un terrible mal de ventre parce qu'il avait mangé la crème glacée tout seul.

Puis Dodonours refusa de partager son endroit spécial d'où il pouvait très bien voir le défilé de Paradours.

Mais comme Grognours n'était pas là pour le tenir éveillé, Dodonours s'endormit et rata tout le défilé!

Ce même après-midi, Dounours refusa de partager ses jouets, et personne ne voulut jouer avec lui.

Dounours s'ennuya rapidement. «Les jouets ne rient pas et ne parlent pas comme le font mes amis», dit-il, malheureux.

Et lorsque Cupinours refusa de partager son cerf-volant avec Solours, ce dernier partit plutôt que de jouer avec Désirours.

« Quelle malchance lorsque personne ne veut partager », dit Chançours.

« En effet », dit Égalours.

«Si je partageais mes barres arc-en-ciel, demanda Chançours, est-ce que ça rendrait tout le monde heureux?»

« Oui, dit Égalours. Le partage entraîne le bonheur et le répand partout. La gentillesse peut mener très loin si tu es prêt à partager. »

« Je veux immédiatement partager ces barres arc-en-ciel avec nos amis ! » dit Chançours.

«Bonne idée! répondit Égalours. Nous pouvons organiser une fête du partage dans le parc!»

Lorsqu'ils passèrent devant la maison d'Égalours, cette dernière courut à l'intérieur et en sortit avec un tas de ballons. «Je vais les partager!» dit Égalours.

« Ça fait vraiment du bien de partager », dit Chançours.
« Et ça goûte bon, aussi ! » dit Égalours.